이별없는 사랑

문학사과 시선

이별없는 사랑

우순자

문학
사과

自序

첫 시집 속에 내 그림을 담아 내면서

살아 오는 동안 한참은, 그림과 시가 나의 삶의 의미와 큰 목적이 되기도 하였지만, 어느덧 그것은 나에게, 사람들을 참 마음으로 사랑하는 도구임을 깨닫게 되었다. 나에게 깊은 감동을 주는 다른 이들의 책과 그림과 시들은 내 삶의 지평을 넓혀 주고, 깊이를 생각하게 했다.

행여 나의 부족한 그림과 시들이 높으신 이의 빛을 가릴까 염려되면서도, 나에게 재능을 주신 분의 제단에 조금이라도 정성을 바쳐 드리고 싶은 마음이다. 그리고 이 작품들이 누군가의 마음에 가 닿기를 바란다.

조촐하나마 이 책을 낼 수 있는 기회가 주어졌음에, 무지개를 만드시는 분께 그리고 용기를 북돋우어 준 아이들, 자매, 남편과 친구들에게 감사를 드린다.

아랑 우순자

순서

1부

이별없는 사랑

이별없는 사랑

조금만 더 기다리면
다시는 헤어짐 없는
사랑이 내게 오네
만남의 시간이
다가오네

우린 해의 굴렁쇠
애틋이 굴려갈 거야

때가 되면
내게 사랑이 가까이 오네

설레는 이 가슴에
둥글게 감싸 줄
사랑이 내게 온다네

이혼

모르고 모를 일이어라
부부가 함께 살아간다는 것은
그리고 또 헤어질 수도있다는 것은

두 존재가 언제는 하나였고
언제는 둘이었을까마는 그러나
하나인 듯이 사랑하기도 하였는데
영원한 동반을 약속했으며
오랜 생활의 굴레에서
기쁨과 괴로움을 함께 나누었고

두 사람을 동시에 함께 원하는
사랑스러운 두 아이들이 있는데도 아직도
나에겐 되새기고픈 추억들이 남아있는데도
그렇듯 무참히 갈라질 수밖에 없는
인간의 냉정한 상황이여

무척이나 처참했던 이혼 과정이여
그래도 착하고 귀여운
나의 소중한 아이들

Divorce

What do you know?
What do I know?
About a marriage?
About a divorce?
Though two are always two,
He and I loved each other
Like one sometimes.
He and I swore forever-love.
We shared long lines of
Hardships, pleasures, tears and laughter.
Two precious children need both parents.
I still have unforgettable memories
Of a sweet home.
But what a chilling situation
I had to escape!
And what an awful process⋯
But my lovely children make me proud
And even let me shout for joy.
Oh, I will endure this pain
Like a little bird cracking her shell,
Coming out to the new world
And flying high to reach the rainbow.

감사하고 감사하여라
이제 나는 다시
새로운 비상을 위해
알에서 깨쳐 나오는 아픔을 견디어내며
높이 날아오를 한 마리의 새가 되리라

사랑의 신비

이 세상의 무엇으로도
측정할 수 없는
헤치고 헤쳐 보아도
풀리지 않는
마음과 마음이
하나 되올 때
이루어지는
사랑의 신비여

무수한 별 숲에서
두 별 함께 반짝이듯
그 어느 날 처음
만난 서로가
결코 처음인 것 같지 않은
결코 낯설지 않음은

왜 그럴까요
왜 그럴까요
주어도 주어도 모자라는 듯
받아도 받아도 더받고 싶은
끊임없는 욕망의 내친 걸음

행여나 뜨거운 마음
서로를 다칠세라
어제도 오늘도
내일도 안쓰러움은
어쩐 일 일까요
어쩐 일 일까요

At the Age of Sixty-Nine

I had been waiting for you.
I did not know who you would be
Or what kind of man you would be
Or what you did for a living.
I had been waiting for you.
Sometimes in despair
I thought I might never meet you
I thought I might pass away
Never having known you.
But I prayed
Not to lose my hope
That I might meet you.
I had even been singing
"Love is coming to me"
Wishing to meet my other half
For twenty-nine years.
Finally you came to me
You came to me from far away
With the love of the Rainbow-Maker
With the help of mutual friends
With strong faith
I was reborn as your new half
At the age of sixty-nine.

29년만의 만남

기다렸습니다, 당신을
당신이 누구인지도 모르고
무얼 하는 분인지, 아니
무얼 하셨던 분인지도 모르는 채
기다렸습니다 당신을
때론 절망감에 아예 당신을
만나지도 못한 채
영영 가나 보다 했습니다
그래도 기도했습니다
당신 만날 희망을 버리지 않게
"사랑이 저만치 가네"라는 노래를
"사랑이 내게 온다네"로 바꿔 부르며
남은 생의 반려자 만나길 고대했습니다
혼자 된지 29년 동안
마침내, 멀리 떨어져 있는 당신
무지개 만드시는 분 사랑으로
그 사랑 굳게 믿는 아는 분들의 도움으로
제게 오셨습니다

당신의 새 각시로
거듭 나게 하셨습니다
29년 만의 만남

이 신비로운 인연

바람 부는 창 밖을 내다보아도
비 오는 숲길을 걸어보아도
넘치는 그대 생각

억만년 한 순간에 만난 그대여
그 많은 사람 중에 만난 그대여
이 신비로운 인연을 어찌 할까

사뭇 벅차오르는
늘 함께하고 싶은 마음을
어찌 다스리면 좋을까

뜨거움에 타버릴 듯한
사랑을 영원토록
향기로운 꿈으로 꽃 피우기 위해
오늘은 이만치에서 기도 드리는 수 밖에는

마지막 조각보

여름 소낙비는 포도주 같고
생의 찬란한 불꽃놀이는
경이로움과 아쉬움을
조각보로 새긴다
슬프고 기쁜 조각들이 늘어나도
지치지 않고 더 갈고 닦으리라

내 마지막날 선물
그분께 드리기 위해

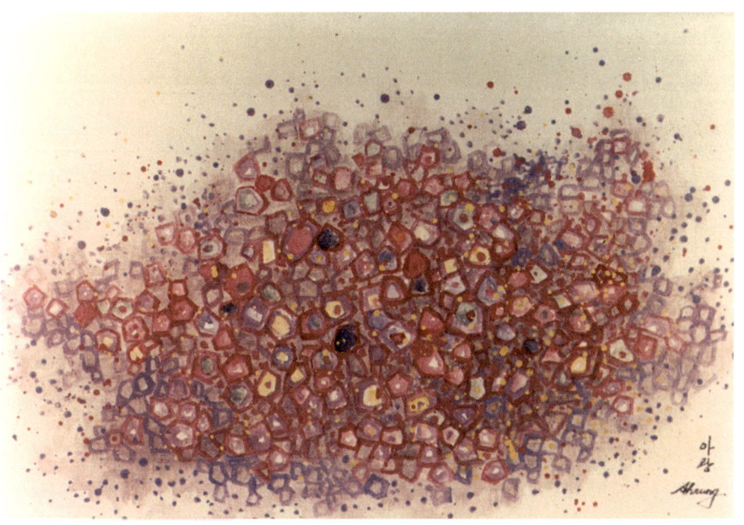

2부

화가의 고뇌

화가의 고뇌

방안에서 째각거리는 시계의 소리는
잠시 그쳐도 좋지 않을까
창가에서 귀뜰대는 풀벌레 소리면 족한 것을
오늘도 하루 해는 지나가고밤의 고요속에 영원을
정시하는 시각
언제면 그 말씀 귀에 와 닿고 언제면 그 모습 눈에 보일지
생각하며 그리고 또 그려 보아도 나타나지지 않는 형체
붓 끝에서 묻어나는 물감의 빛 바램을
어찌하면 좋을까 어찌하면 좋을까

Artist's Struggle

It could be all rightIf you stop the clock's counting

It would be enoughOutside the cricket's singing

Thanks for today, nowIt is the time to face the
eternity

Even striving to hear the messageEven striving to
see the truth

Even paint, paint again to see the real form

It has not been shown yet, onlyThe tarnish of the
colors left

What shall I do?What shall I do?

Whenever the Season Changes⋯

I must go down to the sea againTo clean my soul, my greed

The sea, my long-time friendAlways welcomes meWith white waves and seagulls' songs

Allows me to rest; we playAnd sing together

The sea tells me, "Empty, empty yourselfEmpty yourself more"

To be a better brushFor the Rainbow-maker

계절이 바뀔 때마다

나는 또 다시 바다로 간다
영혼을 씻고. 욕심을 세탁하기 위하여
바다- 나의 오랜 친구는 언제나
하얀 파도와 갈매기의 노래로 나를 반긴다
쉬고, 놀고, 함께
노래함도 허락한다
바다는 내게 이른다
나 자신을 비우고 또 비우라고
무지개를 만드시는 분의
더 좋은 붓이 되기 위하여

진정 그리운 것 있어

나무 나무들이 하늘로 치솟듯
나 또한 그리움에 넋을 놓고
푸른 하늘 우러러 보아도
나의 하늘은 너무 멀구나

바람 바람이 들을 지나듯
나 진정 그리운 것 있어
산 너머 산으로 달려 보아도
나의 길은 끝이 없구나
갈매기떼 파도 위에 나래를 치듯
나 정녕 그리운 것 있어
푸른 바다 거센 물결 헤쳐보아도
나의 빈 가슴은 채울 길이 없구나

달 미소

피로한
깊은 고뇌 달래주는
달의 포근한 미소여
인간은 정녕 한계의 짐을
벗을 수 없을까

잠시 벗고 쉬라는듯
달빛 향기속에서
천천히 술을 마신다
취하면서
그냥 취하면서

삶이란

그래, 인생은 그런 건가 보다
온통 반짝이는 별빛만도 아닌
흐들려 나부끼는 화려한
꽃무리만이 아닌
진한 슬픔과 잠깐의 기쁨
무겁고 힘겨운 고난과
은근한 흐뭇함이 교차하는
길고 긴 여행, 그런 건가 보다
거기에, 그래도 잠깐 스치는
친구들의 웃음, 아이들의 재롱
또는 불꽃놀이처럼 슬프게도 찬란한
사랑이 섞여지는 보석같은 아름다움들
사랑하리, 사랑하리,
그 모든 순간들을 사랑하리라
괴로워도, 슬퍼도, 너무나
아파도 사랑하리라
나의 가장 사랑하는 이
무지개를 만드시는 분께서 주신 삶
순종하리라, 쓴 잔은
쓴대로 견디어 내리라

"Rainbow of Hope" by Ahung-Songi Woo Kim

또 다른 장갑이랑 털구두에 눈길이 간다

겨울이 오는 소리만 들어도
마른 은사시나무처럼 몸이 떨린다

다정한 친구가 떠준
팥죽색 벙어리 장갑이 있는데도
눈부신 장식 아래 포근히 끌어당기는
또 다른 장갑이랑 털 구두에 눈길이 간다
아담과 이브가 저들의 벗은 몸을
처음 알게 되었을 때부터
추위는 시작되었을까

본래적인 추위가 아니고는
이렇게까지 추울 수가 없다
코트 위에 입은 성가대옷이 갑갑해 보여도
옆자리 성가대원의 따뜻한 손이
내 손등을 감싸주면 손바닥이 시렵다
그런데도 겨울 하늘의 별들은
모두 구원의 별처럼, 성스러움 그 자체다
인류라는 단어로
꼬옥 껴안고 싶은 계절이다

마지막 장 달력에
덩달아 성급해지는 것은
지나온 삶보다 짧을 것 같은
남은 삶의 순간들이
더욱 소중해지기 때문일까?

좌절

천만년 억눌린 분노가
회색 짙은 암석이라면
마비된 방향감각에
암흑 뿐인 좌절은
진한 먹빛 사납게 번지는
흰 화선지 위의 아련함
대나무 마디 마디마다 사연 맺히듯
성숙을 위한 괴로움일지라도,
쓴 약은 쓰지 결코 달지않은것
참으로 견디기 힘들 때는
한 조각 하늘 보며
한숨 돌릴까

어미의 굴레

새로운 하루가 열린다
붓을 대기 전의 화선지
또는 캔버스처럼
무한한 가능성의 함성을 듣는다
다시 그림을 그릴 수 있기까지
얼마나 멀리 왔는지
어미의 굴레 얽어매인 줄을
잠시 풀어놓고 이제
다시 붓을 들을 수 있다니
눌러 두었던 창작의 열기
분수처럼 솟구치는 이 희열
사뭇 떨리는 가슴으로 붓을 든다

그 책 안에 한사람이 있었다

해묵은 역사책보다
더한 연륜을 전해주던
책이 한 권 있었다
이름은 "세계의 유적"
사진으로만 가득 차고
꽤나 두툼하고 무거웠다
공허한 울림으로만 가득찬
의식의 회랑에서 방황 하던때
잿빛 도서실에서 발견한
그 책 안에 한 사람이 있었다

사라진 어느 문명의 폐허
안개 자욱한 고원지대를
그는 걷고 있었다

깊은 명상에 이마는 숙여지고
두 손을 뒤로한
검은색의 성스러운 실루엣

인간의 속성에 관한 고뇌와 슬픔
그리고 그의 바라는 바 모든 것이
시간과 공간을 넘어 읽혀져 왔다

그 신부와, 사진작가, 편집인
그리고 그 책을 갖다 놓은 사람 모두를
나는 동시에 만난 것이다.
인류의 역사를 함께 짊어진 우리는
이 지구의 이 시대를 사는
저마다이고 하나인 것이 아닌시

인류의 역사를 함께 짊어진 우리는

이 지구의 이 시대를 사는

저마다이고 하나인 것

Challenge

I am happy
because I can challenge.
Aren't you happy
because you have the freedom to challenge?
Challenge towards infinity
even as a mortal.
Challenge toward holiness
even as a human.
Challenge the original sin,
Challenge the karmas,
Challenge my daily selfishness.
Challenge for justice,
Challenge for repentance of all the cruelty
of humankind.
The dreamers of new world challenge.
The believers of unseen future challenge.
The planters the seeds of hope challenge.
For a bright future,
Let us challenge
together.

도전

나는 행복해라
도전할 수 있음에
그대도 행복하지 않은가?
도전할 수 있는 자유가 주어졌음에
동물의 옷을 입은 인간으로서의
신성으로의 도전
원죄와의 도전
업보와 도전
정의를 위한 도전

인류가 저질러온
그 모든 잔혹함을
속죄하기 위한 도전
이기적인, 너무나 이기적인
나 자신과 나날의 도전
새 세상을 꿈꾸는 자는 도전한다
보이지 않는 것을 믿는 자는 도전한다
좌절과 절망의 늪에
희망을 심는 자는 도전한다
선구자들은 도전자였다

너와 나, 우리도 도전하자
빛나는 내일의
찬란한 아침을 위해

행복론

무지개 생산업자 이시며
우주은행 총재이신 그를
아버지로 섬기는 이는 행복하다
그가 또한
새벽의 새소리 합창을 지휘하시고
외딴길, 꽃들을 춤추게 하시는 안무가임을
아는 이는 행복하다
하루 일로 고단한 저녁길
구름으로 장엄한 풍경화를 그리시어
우리를 감동케 하시는 그가
위대한 예술가임을
보는 이는 행복하다
캄캄한 밤, 하늘에 별들을 수놓으시어
우리에게 영원을 사색케 하시는 그가
대철학가 이심을
깨닫는 이는 행복하다
사방이 막힌 듯한 절망과 슬픈 시간 뒤에
늘 새빛을 주어, 우리의 심안을 더크게

눈뜨게 하시는 그를 우러러
참 스승임을 믿는 이는 행복하다

남 모르는 기쁨

겨울나무, 스산한 숲에서
봄의 소리 듣는 이는 행복하다
먹구름, 천둥치는 날에도
가슴에 빛 품은 이는 행복하다
살벌한 세파에 따뜻한 마음
주고 받는 이는 행복하다
거듭되는 실수
모두 용서하는 이는
진정 행복하다
부와 명성, 쫓느라
바쁜 소용돌이에서
그런 욕심버린 이는 정녕 자유롭다
무지개를 만드시는 분의 계획
미리 알지 못해도
그를 믿는 이는 참으로 평안하다

3부

홀로 간 극장가에

도시의 새벽

우리의 가슴에
심장이 뛰듯
끊임없이 덮쳐오는
파도 소리처럼
딱딱한 건물에
생기를 넣어주는 것은
너와 나의 입김
모든 선의 굴레를
넘어서는 것은
오직 우리의 맑은 혼 뿐이다

외로움에 외로움을 더하면 뭐가되는지

파도처럼 밀려가는
바람 소리에
나무들의 애무로 숲은 뜨겁고
그 사이로 출렁이는 바다
흰 모래 위로 내 혼은 휘날린다
크나큰 파도, 쓸쓸한 소리
하나 더하기 하나는 둘이라지만,
외로움이 더해 한지처럼 쌓이면
뭐가 되는지

벌써 아침 해가 밝았다

어디를 그토록 달려 가는지요

창 밖의 푸른 바람은
어디를 그토록 달려 가는지
그대는 아시나요

내 마음 바람처럼
그대 향하고
그리운 그대 위해 기도히오니
밤자락에 곤한 눈 감으시고
지금은 평안한
꿈을 꾸소서

아침 밝아 올 내일
환한 햇살 받으시며
그대의 새 꿈 펼쳐 보이소서

그리고 다시 볼 그날
보람찬 미소의 대화를 나누고자

Ahrung, Soonja

홀로간 극장가에

팔아야만 했던 우리집 뒷 숲에는
어딘가에 향기좋은
허니써클 덤불이 있었다
계절도 모르는 채
바삐 지나던때
내게 오월임을 알려 주곤 했다
보름달이 환하던 밤
홀로 간 극장가에
허니써클의 향기가 충일했다
단란하고 아름다웠던
아이들과의 작은 궁궐이
동화처럼 그리웠다
둥근달에 허니써클을 빚어
신비한 술을 담구어 본다면
이 눈물은 발효되어
소동파의 하얀
웃음이 되리라

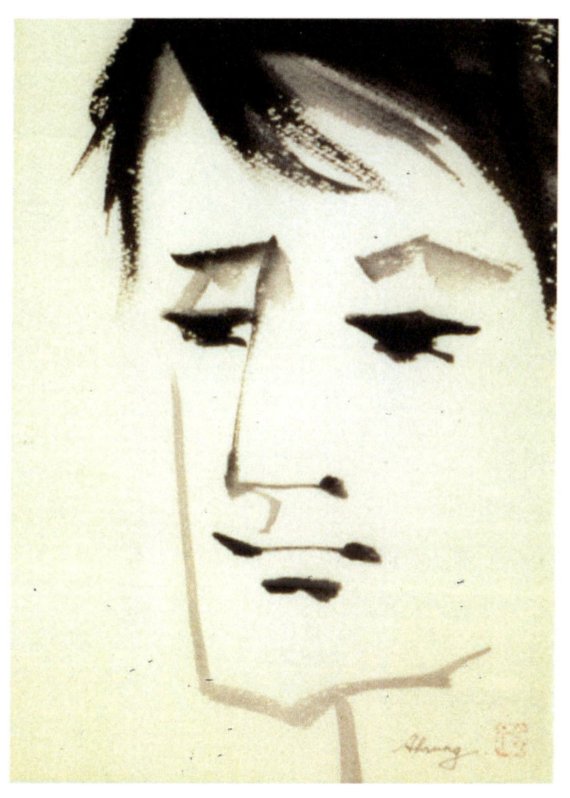

나무 한 그루에게 읽은 것

황량한 들판에 서 있는
나무 한 그루
그 외로움을 읽는다
친구들이 될 수 있는
주위의 숲도 없이
얼마나 힘들었으랴
모진 폭풍우, 차디찬 눈보라
홀로 감내하며
꿋꿋이 견디었구나
그래도 때론
감미로운 바람
새들의 속삭임에 위로받고
타오르는 열정 깊이 감추고
높은 하늘 항해
늘 푸른꿈 가꾸며
묵묵히 참고
때를 기다려온 너
그렇다
우리는 주어진 땅에서
우리의 최선을 다 하는것이
우리의

12월

달력을 넘기는 손도 떨리어라
성탄절을 맞는 마음도 설레어라
거리거리 반짝이는 장식에
울려 퍼지는 성가의 음률
루돌프 사슴코의 동화와
산타클로스의 포근한 이야기
교회의 종들은 맑게 맑게 울려라
세상의 아이늘은 모두 모두 모여라
슬픈 자 즐거웁게 되고
가난한 자 넉넉해지게
구원의 별빛으로 오시는 이여
무한한 축복을 내려 주소서

밤하늘 눈발

새벽부터 내려
소복히 쌓인 눈길
가로등에 반짝이는 눈빛을보며
자박자박 고향 생각 더듬는다
비록 사람 많고 먼지 많은
애환의 거리, 예수의 거리였어도
흩날리는 밤하늘 눈발을 맞으며
이야기 나누던 친구들이 있는곳
때로 넘치는 사념 홀로 사루며
걷고 또 걸어보던 곳

그때 꿈꾸던 나의 지금인가?
후회와 실망 그리고
절망의 쓰디쓴 성험 뒤에
더 자란 것일까? 퇴보한 것일까?
내가 택한 길 이제의 나를
어쩔 수는 없는것일까? 아니면
기적같은 소망의 길이 트일 것일까?
눈길따라 생각하노라니
시나브로 무릎이 시려온다

햇살 진주빛

작은 공원
작은 도시
때는 정오
계절은 여름
졸리운 분수
나른한 잔디
살랑대던 바람
나뭇잎에 얹혀 있고
비둘기 순한 눈들이
꽃들과 속삭인다
같은 반 학생들은 저마다
빛깔 다른 시를 짓고
넓은 세상
조그마한 화원에서
따사로운 햇살의
빛내림을 본다

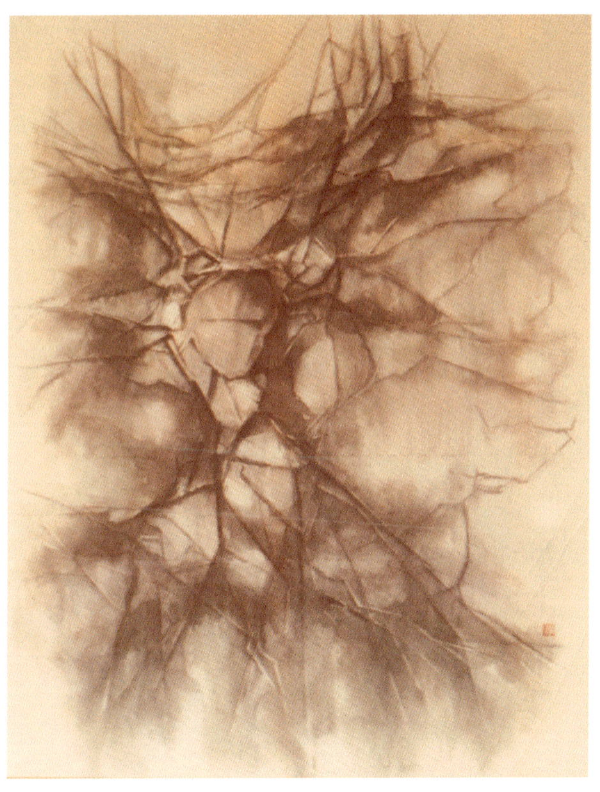

벌써 봄이 오는가?

이유도 없이 설레는 맘은
치맛깃 스치는 바람이
봄의 미소 머금은 때문일까
작은 봄의 입김에
간지럼 타는
잔나무 가지들이
못견디는 듯 한들거린다
때도 없이 먼 곳 친구에게
글을 띄우고 싶음은
모처럼 개인날
햇살의 따사로움 때문일까
아직도 철들지 못해
또 기다려지는 나의 친구-봄
지금도 너를 반기려
하늘대는 파아란 스카프를 꺼내든다

Summer

I love the summer, the green
abundance of leaves.
Even though the hot sunlight
Produces lots of sweat, but it
produces lots of apples.
People's walking is slow
under the sizzling sun's glow
the street is melting.
All the moving things are making sweat.
But we are marching further,
not going back.
As you know that half step is
better than no step.

일렁이는 여름

여름이여
나는 너를 사랑한다
너의 불붙는 정열에
더욱 풍성해진 푸르름
물결 일렁이는 태양의 놀이를
헉헉대는 뜨거움으로
구슬땀을 흘려도 좋다
희즈무레한 어설픔 모두 질여내어
단단한 보석의 영롱한 빛일 수 있다면
오늘도 아이들만 이 물가에서 즐겁다
초록빛 여울 흐름
반짝이는 햇살
살랑대며 안고 도는
여름의 환희여

내 안의 야생마

나에겐 한 마리 야생마가 있다
아무도 보지 못하게
꽁꽁 숨겨놓은 채로
겉으로는 어미요, 할머니요,
선생님이기도 하지만
걷잡을 수 없이 달리고 싶은 야생마
하늘 끝 닿을 듯
뛰고 싶은 마음
다독다독 다독이며
그 열정을 화선지에, 캔버스에
그림으로
백지에 시어들로 가득 메워
길들이려고 한다
결코 길들여 지지 않을 것을 알면서
그래도
어쩌면 하면서

곱게 이별하는 법을 배우다

눈꽃

폭설주의보
폭설주의보
쉴새없이 들려오는 일기예보
부산한 사람들의 발걸음
밤새 얼만큼 눈이 왔을까?
살짝 내다본 아침 풍경
온나무 가지에 얹힌 눈꽃들
화사한 신부처럼 눈부시다
가슴이 저려온다
사랑의 소프라노 노래를
가지가지마다 얹히고 싶다
나의 마음도 순백의 눈꽃으로
말갛게 씻어 내어
새사람 되고 싶다

곱게 이별하는 법을 배우다

진주빛 여름이었어요
그런데, 그 여름이 가려고해요
어쩌면 좋아요
저도 알아요 우리는곱게
이별하는 법을 배워야 하는 것을
지나가는 것을 아쉬워하기보다,
새아침, 오늘에 충실해야 한다는 것을
어제의 내일이 오늘이니까요
여름내내 송이송이 자란
결실의 자주빛 포도주로 여름을 마셔요
저녁노을 찰랑이는 호숫가에서
그래요, 가을맞이 잔치를 해요
여름 태양보다 더뜨거운
우리들의 사랑으로요

바닷가에서

바다에 몸이 달아
내 다시 네게로 왔노니
너의 시원한 바람으로 나를 식혀다오
너의 하얀 포말과 푸른 빛깔로 나를 감싸다오

너의 우렁찬 파도 소리에 맞추어
하나의 교향곡을 연주하고 싶나니
비로서 그때 하늘 문 열려
천상의 음악도 들려오지 않을까!

At The Ocean

Answering the call of the ocean,I respond, here I am,
you have me
Caress me gentlyWith your white waves and lavender
breeze
Calm my boiling passionWith your cool blue waters
Inside of me, rolling tunesCry out to be created
Shall we be a symphonyWith your instruments of
tides and seagulls' songs?

나이 사십에도 신나는 일은 많아

어머님
책갈피 사이에 단풍 끼워 넣던
아득한 시절을
생각 키우는 가을이
다시 한번 다가오나 봅니다
나이 사십에도 그리 신나는 일이 많으냐고
웃으시며 물으시던 어머님
저는 끝내 철들지 못한 채 가려나 봅니다
어머님
잔잔한 바람에도
돌돌돌 함께 굴러가는 낙엽들처럼
어느새 우리는 먼 길을 함께 하는 친구가 되었네요
지난 여름 아이들과 함께
어머님 뵈었을 때 무척 즐거워 하셨지요
항시 건강하시고 언제나 평안하소서
어머님
많은 사람들을 위한 나날의 기도 가운데
늘 저를 기억해 주시는 어머님

구름

구름이여 나를 잠시 쉬게 해다오
너만을 바라보며 쉬고 싶구나
오늘은 고향의 서쪽 바다
노을진 섬들을 보여 주려느냐

주홍과 보라빛 어우러진 저녁 풍경을
큰 산 봉우리에 앉아
세상 신비로움에 짖딘 나의 모습
아침 이슬처럼 빛나는 새맑은 꿈과
커가는 푸른 의지
소박한 믿음이 있었을 뿐
그렇다고 이제사
퇴보나 타락이라는 어휘를 들추려는 것은 아니다

시련의 철로가 달구어지고
보다 단단히 보다 편안히
때로 고난의 짐은 너무 무거워
간절한 쉼을 바라는 것이니
구름이여, 너의 모습 쉬이 거두지 말라

Morning Prayer

My Father, Rainbow-maker,
I appreciate this new morning.
Hope to make today
A poem for your altar.
Give me the strength to
Paint like a jewel.
Hope to be a crystal
Clear rainbow colour.
To quicken the mind
to share the light of the
Morning star.

아침 기도

주여
이 아침을 감사하나이다
오늘 하루도
당신께 드릴 시가
되옵기 바라나이다
온전히 맑고 아름다운
음률이게 하소서
가슴 뜨거움에
은하수를 풀어
맑고 아름다운 그림
그릴 힘을 주소서

5부

추억은 사라질 수 없어

엄마

엄마
엄마를 부르기만 해도
엄마의 다정한 목소리 가까워지고
엄마의 따뜻한 미소 감싸져와요
엄마는 나의 처음
엄마는 나의 친구
엄마는
나의 사랑이네요
엄마의 품에 다시 안겨
엄마와 하나가 되고 싶어요
엄마의 잠에 나의 잠을 넣어
엄마의 영원한 쉼을 함께 할듯이
엄마

할머니, 좋은 할머니

할머니, 할머니, 이렇게 불러만 보아도
좋은 할머니!

천둥, 번개치는 여름 밤
장화홍련 심청전, 흥부 놀부 얘기를
재미있게 들려주시던 할머니

늘 추워하는 첫 손녀를
당신의 뜨거운 몸으로
데워 주시던 할머니

저 아이 속엔, 부처가 들어 있다우
하시며, 늘 데리고 다니시기를
좋아 하시던 할머니
GPS도 없이, 그 옛날

할머님께선 어떻게
경기도 수원 지나 산골짜기의
암자를 찾아서
나를 데리고 오르셨을까

새벽 산의 싸한 공기가
지금도 느껴진다
아! 그 맛있던 절간의 나물 무침들

생시, 생일, 생년의
말띠가 셋이라서
늘 일이 많으시다던 할머니
왜 말년엔 그토록 오래 병상에서
고생하시다 돌아가셨을까
할머니, 많이 보고 싶어요

봉숭화 할머니

어릴적 여름방학, 밤에
봉숭화 꽃잎들에 백반을 섞어
곱게 다져, 손가락 끝에
감싸 주시던 할머니

다섯 손가락, 열 손가락
다 내밀어 물들여 달라고 하면

조금은 남겨 놓아야
더 예쁘다고 하시던 할머니

그때부터 저는
여백의 아름다움에
눈 뜨기 시작한 거 같아요

어느 날의 독백

어릴 적 할머님과
먼 나들이 길에서의
눈부셨던 빛, 빛 조각들
이국에도 그때처럼 비춰지는데
그 아름다움의 살을 뜯어먹으며
무엇을 해왔는가 나는

나날이 쏟아지는 햇살 만큼은 말고라도
간간히 내리는
단비 만큼은 되는가 나의 결실은

굽이쳐 꿈속 넘나오는 옛 친구들, 연인들, 선생님
그네들 눈빛의 정다움이여
왜 난 지금도
그들의 모습을 더듬으며
사무치게 그리워하고 있을까

오늘을, 내일을
생각하고 살아야 할
이 시각에

우리 아가 포근히

두 손 모아 새 아침을
감사드리자
오늘도 재미롭게
즐거이 지내고
신기로운 세상도 더 알아보며
이제 막 시작한 한국말로
옹알 옹알 노래도
불러 보려무나

해 돌다 지쳐 쉬러가고
달빛 화안히 떠오를 때는
우리 아가도 포근히
자야 할 시간
머리 숙여 하루를
감사드리고
아롱다롱 꿈 속에
소록 소록 잠 자서라

공주병

사랑하는 딸들을
공주처럼 키워주지 못한 부모들이
공주처럼 취급받지 못해서
시기, 질투하는 무리들이
그들이 공주병 환자들을
만들지는 않았나요

우리 따뜻한 집에서만은
모든 딸들이 공주가 되고
사내 아이들은 왕자가 되어
덕이 있는 왕비와 지혜로운 임금님처럼
동화처럼 오순도순
그렇게 살아야 하는 것 아닐까요
꿈을 꿀 수는 있잖아요

돌아 앉은 새끼 발가락

참 미안했다
내 새끼 발가락들에게
가려진 발이 예쁘다는
키가 커보여야 멋지다는
잘못된 인식에도 되물음 없이
남의 눈치만 보았으니

좁고 높은 굽의 신발들에서
새끼 발가락들은
편히 있을 자리가 없어
그만 돌아 앉고 말았다
이제사 넓고 굽 낮은 신발로
다독여 주려 해도
한번 돌아서 버린 발가락들은
다시는 주인 얼굴을 볼 수가 없다

추억은 사라질 수 없어

우리들이 만들었던 소중한 추억들은
바래기는 해도 아주 사라질 수는 없다
장미꽃들이 촉촉한 비를 마셔야 하듯
상처 난 가슴들은
따뜻한 위로가 필요하다
우리에겐 아직도 불러야 할
노래들이 있음을 감사하자
행복한 노래든지
슬픈 노래든지
아무 상관 없다
찬란한 해가
져야 하거든
밝은 달 더 환히 밝히자

새끼 손가락

열 손가락 깨물어 안 아픈 손가락이
없다구요? 다 아프겠죠
그러나 아픔의 정도는 다를 것 같아요
새끼 손가락이 제일 많이 아플 것 같아요
갓 태어났을 때
저의 손가락들이 너무 작아서
징그러웠다고 하시던 어머님
저는 웬지 새끼 손가락에
가장 많이 마음이 가요
보다 큰 손가락들 사이에서
작지만 쓸모는 많거든요
작건, 크건, 짧건, 길건
다 소중하다는 것을
이제야

6부

겨울만 오면 나는 사랑에 취한다

겨울나무

늘 맑은 의식을 길어내도
다함이 없을 푸른 하늘로
치솟아 뻗어오른
나무들의 의지여
나뭇잎 떨구기 전
한 번 더 찬란하였던
가을빛도 지나간 이제
일체의 사사로움 다 떨쳐 버리고
안으로 안으로만 무엇을 생각는가
봄날의 미풍
그 살랑이던 유혹
전신을 사루는 더위와 그 뒤의 소낙비
청신하던 가을 바람의 사랑과
그 아득한 결실을 그리워한들
이제 너는 어쩌지 못할 것을
온갖 사념 모두어 뿌리로 내려두고,
다시 올 새 봄 위해
싱그러운 꿈을 마련해야 하는 것을

눈, 눈, 눈,

고층 건물 위로 하늘 무척 푸르다
눈이 시리도록 푸르다
러쉬아워는 너무 붐빈다
두 개씩의 사람 눈들
택시, 버스들도 두 눈으로 달려온다
상가쇼 윈도우도 눈이고
빌딩 창문들도 눈이다
빌딩 사이 좁은 하늘 아연케 하는
가지각색 간판도 눈이다
표정 둘 곳 몰라 하는
도시인의 눈이다
눈들이 내게로 온다
혼돈 속에서도 빛날 눈은
빛나기 마련일텐데
눈으로 눈 찾으나 보이지 않는다

겨울 단상

맑게 구르던
아이들 소리
반짝이던
햇빛 금빛
간 곳 없는
놀이터 위로
하이얀 눈이 내린다
고운 소리가 쌓인다

겨울만 오면 나는 사랑에 취한다

겨울만 오면 나는 사랑에 취한다
잿빛 구름을 배경으로 한
적막한 나뭇가지들의
선, 선, 선들 그 아름다움에
경의로움에 잠긴다
이글거리던 붉은 여름 태양에
푸른 하늘로 증발해버린
오색 바닷물
하이얀 눈꽃이 되어 팔랑거리며 내려올 때
나는 황홀해진다
이마에 부딪치는 차가운 바람에
맑갛게 영혼이 씻기워지는듯
그 싸-한 정기에
내 마음 다 내어주고 싶다

새벽

쉼과 기다림의 어둠 속
가로 지르며
동 터오는 서광

청동시대의 새벽이
눈을 뜬다

붉은 해는 새 기원의
정기를 위해

두둥실 떠 오르는
너와 나의, 우리의 희망

새들은 이미
저들의 사명인
노래를 시작했다

새벽은 우리를 깨워주는 어머니
자비로운 사랑이 메아리친다

뜨거운 피가 끓어 오른다
우리는 영원히 젊은 일꾼

오늘의 바람을 휘몰으며
거침없이 나아가자

하늘

깊숙한 푸름이여
나의 친구여

오늘 너의 모습
깨끗도 하다

나의 마음도
갈고 닦아

티 없는 너처럼
빛나고 싶다

125

눈

사뿐히 사뿐히 하얗게 내려다오
그대 만날 즐거움에 가벼운 발걸음처럼
외로운 방황인 듯 그렇게 휘몰아치면
내 마음 어지러워라 정녕 그래야 한다면
포근히 아름다운 설경을 그려다오
모든 사람들이 꿈에 젖도록
그리고 그 꿈에서 깨어날 때 새 빛을 보여다오
성스러운 날 구원의 별빛 같은

Snow

Lightly, lightlycome down softlyCome down joyfullylike the steps of loverson their way to meeting

If you come like a storm,I would becomeconfused and lost

But if you must come down,show us a fairy-tale landscapeof sweet dreams

And when we awake,show us a special lightto lead us to a new world

비야, 비야

마른 잎새 마른 땅
촉촉히 적셔주듯
내게도 그렇게
내려 주거라
어쩌다 세속에
먼지 낀 마음
어쩌다 잔 욕망에
때 묻은 마음
깨끗이 깨끗이
씻어 내거라
옥같이 새로이
빛나게 하라
나의 마음
너의 맘처럼
모든 이의 마음도
하나가 되어
말끔히 닦아내린
맑은 눈으로
서로 서로 따스히
사랑케 하라

Friend

Those memories we made
are not gone forever.
Broken hearts need a warm caress
just as roses need soft rain.
Here we are like two birds:
We have songs to sing together
happy or sad, it does not matter.
When the sun goes down
let the moon shine and glow.

친구 생각

창밖 나무들 사이
어둠의 깃 스밀 때면
생각나는 한 저녁의
길고 긴 대화
두 사람의 사상과 결의
이상과 번민
구성진 첼로의 선률 위에
수놓아지던 이야기
저녁노을 기울어 밤 되기까지
시간과 공간을 뛰어넘던 대화
불을 키는것도 잊은 채
명확한 언어의 빛나는 교차
이마와 가슴으로
이야기 나누던 친구
지금은 어느 하늘 밑에서
무엇을 꿈꾸고 있을까

7부

코스모스 멜로디로 살래

코스모스 멜로디로 살래

늘 코스모스 꽃 같은 마음으로 살고 싶다
바람이 불면 부는대로 살랑대며
바람과 함께 신나게 춤추다가
비가 내리면 내리는대로 흠뻑 젖으면서
마음 안 우물에 정수로 받아놓고
새로이 피어나는 코스모스이고 싶다

햇빛 밝은 날에는 띠스히 가슴 열어
뜨거운 열기 감추어 두었다가
분홍색, 자주색, 하얀색 코스모스로
마냥 흐드러지게 피우고 싶다
그리고 별빛 찬란한 밤이면
아무도 모르는 나의 노래를
별들의 속삭임에 섞어
아름다운 멜로디로
외로운 이의 가슴을 달래고 싶다

내 안의 아기

힘차게 뛰논다
내 안의 아기가

무지개를 만드시는 분께서
내려 주신 또 하나의 선물
하늘 영혼이 용트림 한다
무한한 세계의 자유로움이
유한의 옷을 입으려니
어둔 속이 몹시나 갑갑한가 보다

냄새맡고 먹어야 하는 동물성이 역겨워
자꾸만 마른 구토를 시키고 있으니

이제사 내 안의 자리를 바로하고
어엿이 내일을 긍정하는 때
튼튼하게 크거라
새 맑음에 눈부신 순간을 위해

이브로부터 물려 받은
해산의 진통이 있을지라도
또 하나의 세상에 주어질
빛과 소금일진대
그 날을 위해 늘 기도하고 있으니

계절의 구슬

계절의 그리움 역어
목걸이를 만들까

겨울
앙상한 나무가지 사이로
새 빛 찾아 넘나들던
차가운 바람의 방황은
투명한 얼음구슬로 꿰고

봄
투박한 나무껍질 사이로
살며시 고개 들어 올리는
새 순의 수줍음과
그 용기는
옥빛 구슬로 꿰며

여름
땀흘려 일한 이마를 씻어 주는
소낙비의 위로는
물빛 구슬로 담아

가을
고난의 폭풍을 견디고
말없이 떠나는
낙엽들의 헌신은
빨강, 파랑, 노란 구슬로

무지개를 만드시는 분의
자비로운 손길에 바쳐질
하나의 애틋한 선물이 될까

The Cosmos Flowers

I miss the cosmos flowers Though it is not their season

Pink and white petals sway on thin stalksI miss their gentle dancing

Their roots grip tightly to the groundAnd yet they smile freely

I miss the breeze between the flowers, The lightness of their humble beings

I miss the clean air around themAnd the blue sky that deepens above them

코스모스

코스모스 꽃이 그립다
때도 아닌 철에 코스모스 엷은 분홍색이 그립다
가는 줄기 사뿐히 얹혀있는 꽃잎들 그 하늘거림이 그립다
뿌리는 땅에 있어도 자유로운 듯
잔바람에도 함께 추는 춤 그 가붓한 몸짓이 그립다
다소곳한 존재의 가벼움
주위의 공기가 맑아지고 있었다 그 뒤
하늘 푸르름이 깊어지고 있었다

Autumn Festival

Whenever autumn comes,

My heart starts to pound with the festival of colours.

Golden yellow, red and orange--

I am invited to this wondrous party.

The cobalt blue sky makes me think deeply.

I quietly hear my life's autumn steps.

In my little hands, I see

How small are the fruits of my creation.

Yet still I am a guest

At this heavenly party.

As a tribute to my host,

I return to the easel with my palette of colours.

가을빛, 야릇한 감촉

아침 길에 마셔지는
차가운 대기
신선한 햇살 사이로
가을빛 만져진다

해마다 오는 계절이라도
늘 가슴 아릇한 감촉
이마를 식혀주는
깊고 푸른 하늘
찬란한 빛 발하고
훌훌히 날아가는
가벼운 낙엽이고 싶다

정녕 나도 떠나갈 즈음에는

검은 외투

푸른 하늘에
내 마음 띄운다
무거운 검은 외투 벗어버리고
상념의 실 흘려버리고
어제는 어제의 바람으로 흘려보내고
내일의 열매를 위해
실 바람
깊이 들여마시며
이제 어떤 사랑 노래를 부르나

아랑 Ahrang

해설

신의 제단에 바쳐진 기도어들의 조각보.
무지개빛으로 직조된 그 사랑의 향연

정여진

세상을 아름답게 보려는 순수한 의지意志는 우주에는
끝없는 사랑이 흘러 이별이란 없으리라는 믿음을 가능케
한다. 본 시집에는 그 확신에의 조용한 환희가 녹아있다._

"우리는 만남 없고 깊이도 없는 세대다…우리 삶은
만남들로 가득 차 있지만 그 만남들은 짧고 이별도 없다.
마치 별들처럼. 별들은 서로 가까이 다가가 함께 있다가
다시 멀어진다…"

_볼프강 보르헤르트,『민들레 〈이별 없는 세대〉』, 中

백여 년 전의 한 천재 작가가 현대인 삶의 병폐에 대해
소 위 '이별 없는 세대'라 진단한 바 있듯, 현대는 영혼
대 영혼 간의 진정한 교감이 점점 더 어려워져만 가는,
관계의 영속성 무너진 단절된 개개인의 시절이다.
그러할진대… 본 시집이 표방한 '이별 없는 사랑', 헤어짐
없는 사랑이란 어떠한 사랑인 걸까?

『이별 없는 사랑』의 주인공 우순자 시인님의 호는 '아랑'이었다. '아(阿)' 아름답다는 뜻에 아가씨를 뜻하는 '랑(娘)'을 함께 쓰는 '아랑'. 한민족에게는 친숙한 이 명칭은 아리따운 여성'을 가리키는 일반명사로 통한다. 또 빼어난 외모를 지녔다는 이유로 '영남루'에서 화를 당한 경남 지역 설화 속 가련한 여성에 붙여진 애칭이기도 하다. 본 시집의 시들에는 설화 속 아랑을 떠올릴 때의 이미지와 유사한 애잔함과 청초함이 묻어있다.

그러나 슬픔이나 한의 정서보다는 심신 놀아남을 허락지 않으려 했던 아랑 아가씨의 강한 자존심처럼, 신실함과 신념의 기운도 강했다. 사랑의 대상이란 대체 그 누구일 것인가?

이러한 질문을 품고 읽게 되는 시집. 소박하지만 진정성에 반짝이는 시편들을 접하고 난 뒤에는, 합당한 그 실체를 그려볼 수 있었다.

시집을 찬찬히 살펴보자.

1부는 표제인 '이별 없는 사랑' 섹션이다.

조금만 더 기다리면/ 다시는 헤어짐 없는/ 사랑이 내게 오네/

첫 수록 작품인 시 '이혼'에서 작가는, 아예 처음부터 자신이 이혼을 겪었음을 고백한다. '처참했다'라는 표현처럼 힘든 이혼의 과정을 겪었음에도 상처가 될 수 있는 상황에서도 절망하지 않고 사랑을 모색하고 있다.
이혼하고 나서 또다시 영속적 사랑의 실존을 믿어보는 작가. '네 운명, 내 운명을 사랑하라!'는 '아모르 파티'(Amor Fati, 니체)' 법어가 떠올랐다. 우주에 떠도는

에너지는 모두 영원하다는 믿음을 지닌, 뜨거운 피의 예술가인가 싶은 첫인상을 주었다.

 나아가, '바람 부는 창밖을 내다보아도/비 오는 숲길을 걸어보아도/그대 생각으로 넘친다'는 〈29년 만의 만남〉에서의 진술을 보면, '비범한 사랑을 가슴에 품은 예술가로서 드라마틱 하고 필연적인 예술가 운명의 삶을 사시나보다 라는 확신은 커진다. 그렇다면 시인은 창조적 상상력에 의지하는 창작 태도보다는 자신의 삶 자체를 증명하는 실존주의 노선의 작가일까….

 '이혼' 후속으로 '사랑의 신비', '29년 만의 만남 ', '이 신비로운 인연', '마지막 조각보'라는 시편들로 구성되어 있는데, 이러한 배치 상의 흐름은 시인의 사랑이 인간 대상 사랑에서 우주의 사랑으로 확대·심화 되는 과정으로 진전되는 것이었다, 화자가 느끼고 있는 그 사랑이 무한한 것이라는 믿음을 갖게 되는 확신의 순간들과 그 사랑의 대상이 드러나는 기점들을 좀 더 따라가 본다. 시 세계를 더 살핀다.

 2부 〈화가의 고뇌〉에서는 화가이자 여인으로, 예술가로 살아가며 겪는 삶의 딜레마와 작가의 예술철학을 담고 있고, 3부 〈홀로 간 극장가에〉& 4부 〈곱게 이별 하는 법을 배우다〉 & 5부 〈추억은 사라질 수 없어〉에서는, 장년이 된 어른 여성의 위치에서 추억을 소환해낸다. 불현듯 유년에 팔아버린 뒤뜰을 상기해 내고, 할머니와 떠나간 이들에 대한 애틋한 그리움과 아가를 키울 때의 환희를 서정적으로 풀어내는 등, 미국에서 화가 활동을 하면서 해외에서 오래 살아온 그녀의 시에는 고향 향한 뜨거운 그리움을 느낄 수 있는 진술이 많았는데, 이는 개인사에 의한 후천적인 것이면서도 인류 원형에의 원초적 선천적인 그리움의 표현이기도 한 것 같았다.

6부 〈겨울만 오면 나는 사랑에 취한다〉와 7부 〈코스모스 멜로디로 살래〉로 이루어진 후반부에서는 자연에 동화돼 타 종 생명들을 의인화하면서 전원 생명체들의 소소한 신비에 감탄사를 내뱉고 있다. 지워지지 않는다고 표현된 떠나간 선대(할머니, 동네영화관)에의 그리움이나 소박한 생명들(코스모스, 벙어리장갑)에 대한 경외심이 계절 감각 안에 풀어놓아져 있다.

봄, 여름, 가을, 겨울 각각 계절마다의 아름다움에의 찬미는 본 시집 전반을 관통한다.
 그런데 사실, 6부 표제 〈겨울만 오면 나는 사랑에 취한다〉에서 알 수 있듯 그녀는 사계절 중에서도 겨울을 유독 더 사랑한다. '하이얀 눈이 내린다/ 고운 소리가 쌓인다.' 〈겨울 단상〉 등등. 겨울에 첫눈에 기뻐하는 아이의 모습으로 겨울과 사랑에 빠지곤 하는 겨울 소재의 시들이 많은 것이다. 우주의 추위를 되레 껴안아 사랑으로 데우려 하는, 아랑으로 상징된 성녀의 여성성이 발현된 것일까. 마지막 계절을 보내고 나면 결국 끝내는 따뜻한 봄은 꼭 다시 돌아오고야 말더라는 겨울, '약속의 은총'을 경험해 오며 그녀는 신의 사랑의 위대성, 즉 '이별 없는 영원한 사랑'을 확인하게 된 것이다.

 그런데 이러한, 봄의 약속을 저버리지 않는 거룩한 신을 찬미하는 연정은 사실 본디 "나에게 재능을 주신 분의 제단에 조금이라도 정성을 바쳐 드리고 싶은 마음"으로 시를 썼다고 말하는 작가의 말에서부터 전적으로 드러나 있는 것이었다. 본 시집은 그러한 헤어짐 없는 사랑을 확신하며 하나님께 바치는 기쁨의 노래들이었던 셈이다. 이 같은 그녀의 시 세계는 아래 두 편의 시에서 극명히 드러난다.

 생의 찬란한 불꽃놀이는/경이로움과 아쉬움을/조각보

로 새긴다/내 마지막 날 선물/그분께 드리기 위해 '...중략
...'기쁨과 슬픔을 직조해서 아름다운 조각보의 (예술
작품으로서의 삶을) 완성하겠다' ('마지막 조각보').
"무지개를 만드시는 분의/더 좋은 붓이 되기 위해"
"자신을 더 비우겠다"('계절이 바뀔 때마다'.)

세상을 아름답게 보려는 선한 심성과 순수한 의지,
굳은 신앙심은 우주에는 사랑이 끝없이 흘러 이별이란
없으리라는 믿음을 가능케 한다. 자신의 시를
그리스도에게 헌납하는 구도적 사랑이라는 그녀가 말한
사랑의 본질적 정체성이 인식될 즈음, 유명한 한 시인의
이름 자가 떠오른다. '소녀 목소리', 감사, 사랑, 긍정,
따스함'이라는 키워드로 신과 교감하는 순간과, 기도를
풀어놓는 시작 세계와 시풍, 세계관은 바로 그 유명한
수도자 시인 '이해인 수녀님'과 닮아 있던 것이다,

앞서 7부의 표제작이던 〈코스모스 멜로디로 살래〉에서
보듯, 장년의 작가는 그녀 안의 소녀적 심성을 굳이
숨기지 않는다. '씩씩하게 나아가자'라고 다짐하는
문장에서도 장년 여성의 원숙함, 포근함에 천진하고
여린 소녀의 목소리는 공존한다. 세상 향한 연민과
작은 아름다움에도 설레는 어여쁜 감성들도 넘쳐나는
작가님의 시풍 詩風은 나이란 숫자일 뿐으로 여성은
배포가 큰 大母적 면모와 동시에 청순한 소녀성을 끝내
함께 품고 있다는 명제를 사실이라 확신케 된다.

대체로 담백하게 읽히는 시인의 시들은 복잡다단한
마음의 결을 체에 걸러낸 듯 순박한 아이의 어조로 말을
걸며 잔잔한 울림을 전하는 그것이다. 꾸밈, 과장의 수식
기술을 크게 더하지 않는 표현들. 거창하지 않게 쉬운
작업으로 마음을 정화하는 그녀의 시들은 난해하거나
시끄러운 문장들이 범람하는 요즘에 나직하지만 오랜

여운 주는 외유내강형 시라 하겠다. 또한 소녀의 고백 같은 시들은 근엄하고 권위적인 어조보다는, 동심을 지닌 아이와 같은 자세야말로 진정한 구도자의 모습이라는 사실 또한 새삼 확인케 해주었다.

 시를 읽다보면 오랜만에 레트로풍 시를 만난 반가움과 함께 살포시 미소 짓게 되는 일이 잦았던 건 필자의 영혼이 맑으시다는 방증이리라. 이러한 특성들 모두 다 이해인 수녀의 정갈한 시풍도 떠오르게 하던 것이다.
 하지만 아랑 님의 작업은 기존 이해인 수녀님과는 또 다른, 차별화된 특색이 존재하는데, 이는 화가이기도 하신 작가의 회화작업이 시에 첨부되기도 하여 시화 전시를 보는 듯한 즐거움을 준다는 점이다.

 만년 억눌린 분노가/회색 짙은 암석이라면/마비된 방향감각에 /암흑뿐인 좌절은/진한 먹빛 사납게 번지는/ 흰 화선지 위의 아연/('좌절').

 더불어 아랑 시인 시들 에는 이 같은 회화적인 이미지 표현이 많은데. 화가 시인으로서의 개성이 드러나는 지점이며 공감각적 센스가 수준급으로 돋보이는 감각적 개성이기도 하다. 문장과 이미지가 짝을 이뤄 한 편의 시화를 이루고 있는 풍경에는 어느덧 이에 어울리는 멜로디까지도 떠오를 듯하다. 어렵거나 길지 않는 그녀의 시들은 동요로 작곡해 부르기에도 적합해 보인다.

 이러한 본 시집의 통섭의 공감각은 시 읽기의 맛을 더한다. 시를 '읽으면서 또, 보는' '공감각적 체험'이 가능하다는 건 본 시집의 장점이다. 문장으로 묘사된 상념은 색채와 도형 구상의 마법을 시각적으로 형상화된다. 그런가 하면 회화 작업 중의 영감이 시 장르로 변주돼 기술되기도 했을 것이다.

'마지막 조각보'라는 시편에는 '석류알인 듯 빨간빛의 조각조각들이 알알이 저마다 빛나며 조각보를 이루고 있는' 상태가 그림으로도 첨부되어 있는데, 다양한 감정의 파노라마를 어우러지게 직조해 아름다운 색의 조각보로 짜내는 것은 연금술적 미학이다. 사실 이러한 '조각보 예술관'은 작가는 자신의 신앙관이자 예술관이라 표명한다. 예술가로서의 고뇌와 크리스천으로서의 자기성찰들과 나지막이 터져 나온 감탄사들을 말 그대로 조각보 짜듯 얽어내어 작품으로 창작해 신에게 보내는 편지이자 찬송가로서 제단에 바치면서 끊임없이 자기성찰을 한다.

열정을 '화선지에, 캔버스에 /그림으로 /백지에 시어들로 가득 메워 /길들이려고 한다'(〈내 안의 야생마〉).

이는 '가슴의 진실한 외침과 상처가 두려워 관계의 속박과 머무름도 없이 도망쳐서, 이별도 귀향도 없는' 보르헤르트가 말한 이별 없는 세대들의 비극적인 상황과는 정반대 차원의 행복이다. 이로써 처음 책을 펼쳐 들었을 때 '헤어짐 없는 사랑이 가능해지는' 이별 없는 사랑'이란 과연 어떤 모습일까? 가능하기는 한 것인가' 품었던 의문은 흥그러움 가운데 퍼즐이 맞춰져 답을 드러낸다.

아랑, 우순자 시인. 그녀가 예술적으로 이어 붙인 일상 속 기도들의 조각보. 제단에 바쳐진 성녀스럽고 대모다운 여성의 절대적 존재 향한 겸허한 기도가 꽃 피운 무지개. 기도 제목은 '거룩하신 신의 이별 없는 사랑을 믿고 배워갑니다'쯤이라 할 것이다. 이것이 시인 아랑 님의 이별 없는 사랑의 실체다.

우리는 이 기도의 노래들을 통해 '삶은 결국 사랑으로 동기 부여되고 추인되어 굴러가는 것'이며, 우주는 신의 사랑의 결정체라는, 사랑의 영속성을 믿어보게 된다.

 그러한 순정한 믿음에 독자들 또한 각박해진 세상에 긁히고 다친, 혹은 닫힌 마음결 정화해 힐링과 위안을 얻을 수 있으리라. 각자의 조각보의 색을 떠올려보며 미소 지을 수 있으리라._

 이는 '가슴의 진실된 외침과 상처가 두려워 관계의 속박과 머무름도 없이 도망쳐서, 이별도 귀향도 없는' 보르헤르트가 말한 이별 없는 세대들의 상황과는 정반대 차원의 이별없음 이다. 이로써 처음 책을 펼쳐들었을 때 '헤어짐 없는 사랑이 가능해지는 '이별 없는 사랑'이란 과연 어떤 모습일 까? 가능하기는 한 것인가 라고 품었 던 의문은 흥그러 움 가운데 퍼즐이 맞춰져 답을 드러낸 다.

아랑, 우순자 시인. 그녀가 예술적으로 이어붙인 일상 속 기도들의 조각보. 제단에 바쳐진 성녀스럽고 대모스 러운 여성의 절대적 존재 향한 겸허한 기도가 꽃 피운 무지개. 기도 제목은 '거룩하신 신의 이별 없는 사랑을 믿고 배워갑니다 '쯤이라 할 것이다. 이 것이 시인 아랑님 의 이별없는 사랑의 실체다.

우리는 이 기도의 언어들을 들으며 '삶은 결국 사랑으로 동기부여되고 추인되어 굴러가는 것'이며, 우주는 신의 사랑의 결정체라는, 사랑의 영속성을 믿 어보게 된다.
그러한 순정한 믿음에 독자들 또한 각박해진 세상에 긁히고 다친, 혹은 닫힌 마음결 정화해 힐링과 위안을 얻을 수 있으리라. 각자의 조각보의 색을 떠올려보 며 미소 한 줌 더할 수 있으리라.

정여진 작가, 문화평론가

크래스타 화랑에 정적을 갖다
by Jill Mellchar, art reporter, Style

화가 아랑 우순자는 크래스타 화랑에서 그의
미술작품들을 전시하고 있다, 자유로운 공백을 닮은
동양화의 화풍에는, 단 한 번의 붓놀림으로 농도 깊은
숲을 만들어 놓는가 하면, 나머지에는 심연의 여백을
남겨놓았다. 채워지지 않은 공간은 신비한 무형의 깊이를
자아냄으로, 보는 이로 하여금, 상상의 여지를 남겨
놓았다.

그 뿐만 아니라, 순수한 동양화와, 인상적인 풍경화를,
그리고 색채의 황홀함을 추상적으로 탐구한 작품들이
있다. 거칠고 굵직한 가지 위에, 분홍색 매화 꽃들을 피워
놓음은, 그야말로 한 편의 시가 눈앞에 나타난듯하다.

눈 덮인 풍경의 "겨울 찬미" 는 잎 떨군 나무들이 깊푸른
하늘을 배경으로 서있다. 황량한 느낌보다는 대지의 봄이
찾아오기 전의 휴식과 고요함이 있다. 하늘을 나는 새들은
봄의 희망을 알려주고, 겨울의 적막함뿐만 아니라,
새로운 생명이 소생하기 전의 기다림을 느끼게 한다.

"영원한 젊음의 바다"에서 작가는 청록의 넓은 수평선을
그려놓아, 물의 평온을 나타내고 있고, 작가의 과감한
필치와, 수면에 요란하게 뿌려놓은 물방울들은 신비로운
아우라를 느끼게 한다.

추상화 "자연의 영혼" 에서는 심야의 푸른 그림자가
하늘로 분출하여, 나머지 여백에 떠 있는 사악의 세계를
덮어 주고 있는 동시에, 자연에 순종하고 있는 힘의
균형을 유지하고 있다. 작가는 동향화의 기법을 서양화에
접목시킨 것이다. 그 예로, "도전" 에서는 인상파 기법으로
변형시켜, 두 면을 선명하게 갈라 놓았다. 두 거대한
비석이나 벽같은 화면은 그토록 실사적이어서, 그림의
장면이 움직이고 있는 인상을 주고 있다.

네개의 연필화를 포함하여, 다른 서양화풍의 불타고 있는
듯한 색채의 그림들은, 아랑 화가가 동양화뿐만 아니라,
미술 전역을 넘나드는 기법에 통달하고 있음을 보여 주고
있다.

어떻든, 작가 아랑 우순자는 동, 서양의 작품들로, 도심
한복판에 고요한 오아시스를 마련하여 놓은 것이다.

우순자 시인. 화가 호_아랑

LA 기독교문학시수상

국제시인협회편집인시수상

서울출생 이화여중고졸업 국전입선

서울대 미대 회화과와

서울대학원 동양학 석사

리취몬드, 버지니아, 사우스사이드 등

다수 아트쇼수상 다수 개인전

아트컬쳐럴센터, 실버아카데미,

무궁화실버센터 등 동양화강사

이별없는 사랑

1판 1쇄 인쇄	2025년 10월 11일
1판 1쇄 발행	2025년 10월 20일
지은이	우순자
펴낸이	신현림
펴낸곳	도서출판 사과꽃
	서울 종로구 옥인길74 (3-31)
이메일	abrosa7@naver.com
facebook	hyunrim.abrosa
instagram	hyunlim_shin
Youtube	신현림Tv8 문학사과 책방_갤러리
등록번호	101-91-32569
등록일	2012년 8월 27일
표지 디자인	신서윤
내지 디자인	김민정
인쇄	신도인쇄
ISBN	979-11-88956-23-4(03810)

값 20,000원